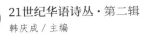

21世纪华语诗丛·第二辑

韩庆成 / 主编

U0459670

河水向东，我向西

夏子　著

岁月是一阵温凉的风
它带走了肤浅的生活和一些忧伤
许多沉重的事物却永远留了下来
并且深藏不露

知识产权出版社

全国百佳图书出版单位

—北京—

图书在版编目（CIP）数据

河水向东，我向西/夏子著. —北京：知识产权出版社，2020.5
（21世纪华语诗丛/韩庆成主编. 第二辑）
ISBN 978 - 7 - 5130 - 6843 - 7

Ⅰ. ①河… Ⅱ. ①夏… Ⅲ. ①诗集—中国—当代 Ⅳ. ①I227

中国版本图书馆 CIP 数据核字（2020）第 047680 号

责任编辑：兰　涛　　　　　　　　　　责任校对：谷　洋
封面设计：博华创意·张冀　　　　　　责任印制：刘译文

河水向东，我向西
夏子　著

出版发行： 知识产权出版社 有限责任公司	网　　址：http://www.ipph.cn
社　　址：北京市海淀区气象路 50 号院	邮　　编：100081
责编电话：010 - 82000860 转 8325	责编邮箱：zhzhang22@163.com
发行电话：010 - 82000860 转 8101/8102	发行传真：010 - 82000893/82005070/82000270
印　　刷：三河市国英印务有限公司	经　　销：各大网上书店、新华书店及相关专业书店
开　　本：880mm×1230mm　1/32	印　　张：6.75
版　　次：2020 年 5 月第 1 版	印　　次：2020 年 5 月第 1 次印刷
字　　数：71 千字	全套定价：198.00 元
ISBN 978 -7 -5130 -6843 -7	

自信、娴熟与成就

杨四平

　　21 世纪已经 20 个年头了。在中国文学史家惯常的"十年情结"思维图谱里，21 世纪文学已经跋涉了两个"十年"。这让我想起 20 世纪中国文学"三十年"里的头两个"十年"，那是其发生与发展的两个"十年"。相较而言，21 世纪头两个"十年"却是发展与成熟的两个"十年"，尽管没有出现像 20 世纪头 20 年时空里那么多灿若星辰的文学大家。我想，这也许不是文学文本质量的问题，更不牵涉文学之历史进化观问题，而是其传播与接受的差异问题。再过几百年，在这两个世纪各自的头 20 年，到底是哪一个世纪最终留下来的经典文本多，还是个未知数呢！

　　回望历史，关注动态，展望未来，百年中国新诗一路走下来，实属不易且可圈可点。20 世纪 80 年代中期之前，在启蒙、革命、抗战、内战、"土改""文革"、改革等外部因素影响下，中国新诗一直在为争取"人民主权"而战，中国新诗的社会学角色、责任担当及诗意书写成就辉煌；之后，在经历短暂之"哗变"以及为争取"诗歌主权"之矫枉过正后，中国新诗在"话语"理论中，找到了内与外、小与大、虚与实之间的"齐物"诗观，创作出了健全而优美的诗篇，同时，也促进了中国新诗在当下之繁荣——外部的热闹和内在的繁荣！显然，这种热闹和繁荣，不仅是现代新媒体诗歌平台日益增长的文化与旅游深入融合导致的诗歌活动之频繁，诗人、诗歌的"自传播"和"他传播"之交替，更是中国新诗在"百年"过后"再出发"的内在发展和逻辑之使然。

当下的诗人，不再纠缠于"问题和主义"，不再困惑于外来之现代性和传统之本土性，不再念念于经典和非经典，而是按照自己的"内心"进行创作，其背后彰显的是当下中国诗人满满的文学自信。

正是有了这份弥足珍贵的新诗自信，使得当下中国诗人在进行创作时能够"闲庭信步笑看花开花落，宠辱不惊冷观云卷云舒"。如此一来，当下诗人就不会徘徊于"为人生而艺术"或"为艺术而艺术"，也不会计较于"为民间而诗歌"或"为知识而诗歌"；进而，他们的创作就会写得十分"放松"，而不会局促不安，更不会松松垮垮。因此，当下，一方面诗人们不热衷于搞什么诗歌运动，也淡然于拉帮结派；另一方面诗评家也难以或者说不屑于像以往那样将其归纳为某种诗歌流派或某种文学思潮。即便有个别诗人仍留恋于那种一哄而上和吵吵闹闹的文学结社，搞文学小圈子，但是那些毫无个性坚持且明显过时的文学运动在新时代大潮中注定只是一些文学泡沫而已。

用文本说话，让文本接受历史检验，纵然"死后成名"或死后成不了名，也无所谓。这已成为当下中国诗人的共识。所以，当下中国诗人专注于诗歌文本之创作，一方面通过内外兼修提升自己的境界，另一方面砥砺自己的诗艺，以期自己的诗歌作品能够浑然天成。伟大作品与伟大作家之间是在黑暗中相互寻找的。有的作家很幸运，彼此找到过一次；而有的作家幸运非凡，彼此找到过两次，像歌德那样，既有前期的《少年维特之烦恼》，又有后期的《浮士德》！所谓机遇，就是可遇而不可求，但"寻找"却要付诸实践、坚持不懈。我始终坚信：量变是质变的基础。这一定律，对文学精品之产生依然有效（前提是"有主脑"的量之积累）。那种天才辈出的浪漫主义时代早已一去不复返了。值得嘉许的是，当下中国诗人始终保持着对新诗创作的定力，在人格修为上，在文本创作上，苦苦进行锤炼，进而使他们的写诗技艺娴熟起来，创作出了为数不少的诗歌佳作，充分显示了 21 世纪初中国新诗不俗的表现及其响当当的成就。

　　我是在读了本套"21 世纪华语诗丛"后，有感而发，写下以上这些话的。在这十本诗集里，既有班琳丽、夏子、邹晓慧这样已有成就的名诗人，也有李玥、刺桐草原、汪梅珍这样耕耘多年的实力派，还有卡卡、杨祥军这样正在上升期，状态颇佳的生力军，以及蔡英明、李泽慧这两位 90 后、00 后新锐。他们各具特色的作品，使这套诗集内容丰富、异彩纷呈。祝愿我的诗人朋友们永葆自信、精耕细作，在未来的日子里不断给中国新诗奉献出新的精品力作，为中国新诗第二个一百年添砖加瓦、增光添彩！

2020 年 1 月底于上海外国语大学

目　录
CONTENTS

第二辑　把酒倒进心里

第三辑　风花雪月

第四辑　随风而去

第一辑　跟着雪花去春天

跟着雪花去春天

昨夜，在春光酒家
遇见一帮摄友
他们刚刚从徽州回来
相机里装着五彩斑斓的秋色
惺惺相惜，我就有些
放纵，三巡过后
人人脸上便飘起了红叶

走出春光，看见
早已在门外等候多时的
雪花妹妹
今夜，她要送我回家

嗖嗖的寒风在夜色里打战
昏黄的街灯扶不稳我的醉态
我也是个好摄之徒哩，嘿嘿
手拉着雪花妹妹
一路小跑，一路踉跄
把城市的喧嚣远远甩在身后

今夜我不回家
今夜，我要跟着雪花妹妹
一直跑到春天

我在春天遇见春天

她姗姗来迟

明眸皓齿，巧笑倩兮，顾盼生辉

露珠打湿了芷兰绣鞋

清风撩动柳叶弯眉，长发披肩

月白的旗袍是隔夜的相思

环佩叮咚，一声声近一声声远

她从《诗经》的源头来

全身散发出一股唐诗宋词的浓重香气

让我感到生不如死

死过千次万次又卑微地苟活过来

在春天遇见春天是躲不过去的一场伤害

我是被一句咒语囚禁了的白蛇

这是一场预谋的艳遇，让我

心旌摇荡，像一个永不回头的浪子

我的亲吻有些肆无忌惮

我桃花的红唇玉兰的皓齿扬起又落下

我枝条舒展向上延伸的身体

长满绒毛的舌尖就要抵达蓝天白云

长亭古道，夕阳山外山

我胸怀开阔的田园和郊野
任你的玉足一寸寸来回轻盈踏过
我脑胼的内心是一册古旧的线装书
你可以随意翻看指点随意涂画
无论天晴天阴下雨刮风，或者雾霾弥漫
所有的暗示都与我有瓜葛

在春天遇见春天是躲不过去的一场恋爱
醉生梦死是我唯一的乞求

我们一起去看春天

你说，天气这么好
我们一起去看春天吧

手牵手，我们走过田埂
跨过小溪，登上低低的山岗
油菜花没有开
桃花没有开
连杏花也没有开
二月，春正在回来的路上

今天的太阳真亮啊
它一直照进了我们的内心
脱去棉衣，仍然感到浑身燥热
手心沁出泉水
手指颤抖，点点嫣红如花

我们没有看到春天
其实，春天就在我们的心里

2014 年 3 月 9 日下午 5 时匆草

今年的第一场雷雨

二月，草木和牛羊一起抬头仰望
桃花是流年的一句陈词滥调
又被无数闲人挂上嘴边

经过一冬深思熟虑的，不只是麦苗
还有蚯蚓，和赶牛的鞭子
它们都暗暗踮起了脚尖
乍暖又寒，这是农事里最焦虑的一节
那个在田埂上走来走去的男人
步履犹豫，暴露出了苍老
一不小心，肩上的锄头擦亮了闪电

今年的第一场雷雨
就这样匆匆忙忙地登场了

2014 年 3 月 19 日雷雨声中

这个春天又瘦了许多

雨过天晴，花草繁茂
我躺在野地里
小心翼翼地怀抱着忧伤

草丛下茫然失措的蚂蚁
竹林里一对儿正在调情的斑鸠
它们不为人知的孤独
使我感到了不安

裙裾婆娑，步履蹒跚
那个消失在桃林深处的红衣女子
我不知道，是她随口吐出的
一句宋词，还是
远处那头拉着犁铧的老牛
它流血的肩胛
引起了桃花的一阵咳嗽

四月，这个春天
因此又消瘦了许多

等一场雪

从早晨起，天空就下起了雨
小雨，淅淅沥沥的诉说
像一阵低低的咳嗽
令我心烦意乱，而且嗓子发涩

过了小寒，冬已经很深了
我等待已久的雪
却一直迟迟没有到来
郊野的荒草，与我的白发陌路相逢
呵呵，一对形容枯槁的旅人
它同我一样，也在等待一场大雪

我们都在等待
等待穿一身洁白婚纱的新娘
被冬天的花轿抬着
欢天喜地，一路吹吹打打而来
等待新娘脸上的桃花绽开

杨柳穿针引线，为远山近水

缝一件新的绿衣

2014 年 1 月 7 日午后小寐中

立　春

冬天的门还没有关上
春天就挤了进来。一身汗水
淋湿了门前那株桃树
她是最熟悉春天的，而我
虽然喜爱春天
但却不如桃树更懂得春

我总是要等到阳光把风焐热
等到油菜花擦亮坡地
等到一只斑鸠追逐另一只斑鸠
双双钻进竹林深处
才肯脱掉厚厚的棉衣
从这一点来看
我还不如一株桃树
也不如桃树下那条小小的白蛇

2013 年 2 月 4 日（立春日）

今日惊蛰

昨日傍晚，太阳黯然神伤的样子
一直留在我的梦中
今日清晨，被雨声惊醒时
我也有些黯然神伤
推窗，不小心
打翻了一树湿漉漉的鸟鸣

那个撑着花伞走过的女人
雨水打湿了她的胸襟和她的忧伤
楼下的桃花为什么还在沉默
春意，像一位刚刚学步的孩子
总是步履蹒跚缓缓来迟

这一切我都不担心
我关心的是，树洞里的白娘子和小青
她们是否感觉到了大地的暖气
是否心跳加快，张开红唇
吐出了性感的信子

2014 年 4 月 6 日晨

芳草地

我必须把自己低下去低下去，再低下去
低成一片低低的青草
好让你可以把我完全忽略掉

我可以柔软成一床棉衾
让你可以漫不经心地席地而坐
我可以随意地变换姿势
让你可以放心并感觉舒适惬意
我要忘掉自己，像冰雪融化在春风里
我会一直安安静静地，就像大海
在风暴过去之后不再掀起波涛
我沉默，但每一次呼吸
都会透过你的外表直达你的内心

爱上一块芳草地，就是
你爱上我的天真，我爱上你的无瑕
就是我们一起爱上这个春天

北　方

我就要翻越大山穿过草原

去到你的北方

想象那里的一马平川

想象当年的烽火

苏武、李陵、蔡文姬、王昭君

天苍苍，野茫茫

风吹草低见牛羊

想象比北方更远的北方

想象那里的冰川

森林、苔原、怀孕的麋鹿

冰封的河面下

水流得平稳而缓慢

但我的血流得很冲很急促

我就要穿过黑夜

和扑面而来的暴风雪

到达比北方更远的北方

2014 年 8 月 14 日

春　望

为了登上前面的山岗
我必须赤脚蹚过一条小河
河水握住我的脚踝
使我感到了
来自大地深处的温情

站在山岗上
不远处的村庄朴素而
安详，像我年迈的老祖母
独自静静地坐在阳光下
偶尔传来的一声牛哞
总使我想起小时候
母亲呼喊我回家吃饭

这是四月
灌满春水的大片田地
和我的爱情一样
在等待
等待有一支锋利的铁
深深切入

逃往春天

北风拼命敲打门扉
我起身开门
哦，我约定的雪
终于来了

纯洁的美女，水做的
小情人，今夜
我就要与你约定终身
然后趁着夜色
一起私奔，逃往
春天

春　耕

为了让种子播进心里
犁铧深深地切开了肌肤

在此后的日子里
虽然有狂风暴雨的干扰
虽然有烈日粗暴的折磨
但血液充沛的滋养
终于使生命茁壮成长
并再一次开花结果

我也是一块土地啊
在这个季节里
期待有一支锋利的犁铧
将我的心田重犁一遍
为了秋后的芬芳
这一点疼痛又算得了什么

大白菜

雪后的菜地像产房
洁白的被褥下
大地隆起的腹部
正在忍受着一场阵痛

当年迈的农妇
这位春天的接生婆
小心翼翼地捧出
一棵棵浑圆而又柔嫩的
大白菜时
我再一次加深了
对一清二白的理解

清　明

年岁是一道永远无法愈合的
伤口。每年的这一天
钻心的疼痛总是及时地
唤醒沉睡的亲人

其实，阴阳两界只隔着一层薄土
城里城外并没有高墙阻拦
平日里上山掐蕨菜听斑鸠唱歌
偶尔也会与故人擦肩而过
只是今日伤口复发
难免忍不住会呻吟叹息几声
说不说话倒没关系
纷飞的纸钱追不上疯涨的物价
一炷香烛照不透两重世界

说是清明，但有些事却总是
说不清道不明，比如

关于活着与死亡，至今都不明白

到底谁更辛苦谁更幸运

2011 年 4 月 5 日清明节

三　月

三月，我走到青弋江边
双手掬起一捧河水
心里的河流就暖了

岸边，春风悄悄爬上枝头
打开了桃树的情窦
请不要说春风太轻佻
你看那些受孕的桃花
哪一朵脸上不是幸福的绯红

江南的春天
从戏水的小鸭开始
总是让我再一次想起东坡先生
千百年来，不变的
唯有人们对春的感受
依旧比宋词还浓

三月，我坐在春风的怀里
满脸是植物的颜色
而且懂得了迎风招展
我的呼吸合着少女的心跳

奔腾千里
却归于一滴春雨
透明而缠绵

江 南

你不能正眼看她，江南
只需一眼，你就会
丢魂落魄
你只能
从背后或是侧面看
江南。而且最好是三月
最好是雨天

隔着一片濛濛烟雨
在二三声莺啼中
穿过四五个长亭短亭和
六七行垂柳，江南
总是撑一柄油纸伞
彳亍而行于八九株
桃红李白之间。这才是
十分的江南啊

在田野里

在田野里行走

远山总是渐行渐远

阳光扇动巨大的翅膀

暖暖的风使草木更加生动

花朵小小的乳房

怯生生挺起　像散落的村庄

河水被鸟鸣擦亮

晃湿了我们的眼睛

那些上升的炊烟

和山岗上稚气的童谣

是有人在呼唤我的小名

脱去鞋袜　赤脚蹚过小溪

一直爬上结满鸟巢的树梢

在田野里行走

从春到冬是一条路

从种子到果实是另一条路

条条路都是绳索

叫你一路磕磕绊绊

走不出故园的牵挂

惊蛰这一天

天上的钟还没有敲响
身体里的钟已经开始震荡

蚯蚓蠕动，蛤蟆吐气
鳄鱼吱吱嘎嘎松动着筋骨
乌龟探了探小脑袋
细声细语问身旁的白蛇
"你今年是不是还去西湖？"
一只蚂蚁一面伸着懒腰
一面用拳头死劲敲打树洞的板壁

这一切都发生在大地深处
而此时，我正倚靠在老树身上
心不在焉地品读这个春天
无意中听到的这些，使我
忍不住心头一阵欢喜
顷刻间泪流满面

2014 年 3 月 6 日夜；9 日晨改定

感谢秋天

当第一片黄叶
从阳光的枝头飘下
我看见　秋天
口衔一朵菊花
从东篱边悠然走来

桌上黑色的瓦罐里
陶夫子未饮完的残酒
飘散着田园的清香
这清贫但心满意足的日子
被秋精心打理
多少年来一直成为
落魄诗人梦中的奢侈

感谢秋天
她只用一小杯菊花酒
就治好了我多年
消化不良的韵脚和
咳嗽的心情

寒　露

半夜突然惊醒，原来
是桂树枝头落下的一滴露水
敲响了深秋这口大钟
墙脚下，老蟋蟀最后的一声低音
戛然而止

远处空旷的田野
粮食都已被一弯新月收尽
残留的农事气息
在轻盈的薄雾下涌动
偶尔的一两声犬吠
好像是从另一个星球传来

在三楼的窗前，此时我多想
站成一株白菊
让秋天这颗硕大的露珠
醍醐灌顶，把心醉透

喊　秋

稻谷躺倒的地方
秋天挺直腰杆
站起来了

一群麻雀
从秋的裙子下边钻出来
它们喋喋不休
重复着一句古老的民谣

秋天仰起脖子
她比天空更高地呐喊
被一阵风带到了远方

黎明印象

黎明，我推开窗户
一声鸟鸣擦亮了我
酸痛的背影

啊！还有什么能比黎明
更让我心动

那天边遥远的星辰
刚从山顶滑落
就被花朵一双双小手接住
楼下那株海棠
比昨天又年轻了许多
最早的一缕清风
是从郊外的乡村赶来的
匆匆跳下菜农的竹筐
吹灭了街头的路灯

黄　昏

正在跌倒的黄昏

被夜的双手轻轻扶起

偶然经过的一只飞鸟

它柔软的腹部

擦亮了天边遥远的一颗流星

此时我郁郁寡欢

刚从河水里站起身子

不经意一抬头

碰响了天空这口大钟

受惊的是岸边浣衣女子和

隐藏在脚底的游鱼

她们逃走的地方

月亮失手弄出了声音

黄昏里的村庄

天空弯下腰来
收拢起远山和河流
而村庄站起了身
缓缓解开胸衣
我看见

归鸟衔着星星
一群群落进窗棂
这些农家放养的灵禽
叫声擦亮了灶膛
和人们脸上黝黑的笑容
牛羊腆着浑圆的腹部
相互亲密交谈
它们带回了山坡、雨水
和生活饱满的浆汁

这随意的一瞥
不由使我加快了
回家的步子

端　午

午时的一声落水声
从远古传来
那个端端正正的身影消失了
却在华夏大地的心中
激起了一阵永不止息的波浪

今天，我手捧青粽
站在龙舟之上
听竞渡的鼓槌敲响胸膛
心里总有一阵隐痛挥之不去
历史啊，就是一条混浊的汨罗江
它吞噬的又岂止是
一个三闾大夫

春天里的秋色

他们并肩坐在公园里
一条长凳上
初秋的阳光很亮
但他们的白发更亮

没有鸟鸣
蝴蝶的翅膀也停止了扇动
没有风，他们的头顶
有一些叶子开始飘落下来
四周空无一人
他们是两个人，并不孤单

夏天走错了方向

夏天走错了方向

谁都知道

他是故意的，因为他听见了

在他身后

熟悉的春天的脚步

正越来越近

越来越近

这是三月，我正穿过屋后的桃林

不经意地一瞥

我看见了，春天

一边擦拭额头沁出的细汗

一边解开灿烂的胸衣

朝夏天扬起了笑脸

乡　音

无论走多远
乡音，总是回家的捷径

不信，你就开口说吧
故乡就会围拢来
牵扯你的衣襟
伏上你的肩头
把你抱得很紧很紧
一直疼到你的骨头里
疼湿你的眼睛

告 别

那些松软而肥沃的田野
那些低低的山岗
山岗上鲜艳的红樱桃
那些远处葳蕤的水草
哦，你给我的牧场如此丰饶
风景如诗如画

但我更爱那些小鹿
它们跳跃的姿势
与我的心跳同一个节奏
在水草深处
你给我的河流如此清澈
洗净了我多年的忧伤和迟钝

现在我不得不离开
太阳正在西沉
羊群走在回家的路上
我一定要赶在月亮升起之前
穿过岁月翻开的封面
到达《诗经》的源头

河 边

穿过城市
这是一条唯一的河
而我是站在河边
唯一的歌者

我看见夏天从河里爬上岸来
我看见岸上草丛里
夏天水淋淋的脚背上
知更鸟在一声声叫着春天
叫着妹妹

秋天行走在更远的上游
正忙着张网捕捞
结满桨声和女人光芒的传说
民歌的叶子从《诗经》的源头不断漂来
一直随波逐流

站在这样的河边

我是多么情不自禁

而又总是不得不

一次次失足

青青的林荫

从城市的肋骨
从伸手可触的喧嚣背后
青青的林荫
在我追寻的记忆中
正用青青的柔润和情意
撩拨我的伤感

走在这样青青的林荫里
岁月窄窄的影子
如一缕额上的细纹
渐渐叠进一片树叶
但我握住绿叶
却握不住叶子青青的年华
和叶脉里流动的心思

轻轻的林荫是一片树叶
林荫下的那条小路
是一根叶脉
鲜活如我的心跳

桃花来去

桃花回来的时候
邻家的桃花妹妹却
悄悄地走了

这些天，桃花坐在枝头
用笑脸迎我
她每看我一眼
春便又深了几分

我知道，桃花是从
桃花妹妹去的那个南方来的
我一直有些担心
桃花妹妹是不是能像桃花一样
永远记得回家的路

收　割

一把镰刀打开了秋天

沉甸甸的背囊

含辛茹苦的母亲

她慈祥的笑脸

比天更晴朗，比镰刀更亮

手拿镰刀

腰弯的比谷子还低

她黝黑的手臂比土地结实

上面布满了河流、田埂、小路

布满了阳光和草叶

多么单纯的手

多么单纯的动作

镰刀展开银色的翅膀

低低划过秋天壮硕的脐带

轻快而从容

秋天的深处是晒场

一年的希望被高高扬起

落下的是汗水

而飘走的是歌声
带着谷子的清香和
岁月的酸痛

雪 兔

这不是一个适宜做爱的季节
这也不是一个适宜怀孕的日子
但在她的身体内
一条河流开始解冻
浮冰撞击，发出灼热的火花
大地的胸膛潮水暗涨

谁能阻止她的奔跑
谁能用一捧青草温暖她
比雪还白的身子
小小的蹄印与爱情无关
但还是重重地敲响了
雪下面深深的春心

七　夕

新月如钩，又挂上桥头的老树
寂静的乡村
沉淀在农事淡忘的深处

再也没有牧童悠扬的笛音
只有一两声老牛低沉的长哞
回应着村头数声苍老沙哑的吆喝
小河边浣衣的农家女子
噼里啪啦的槌棒声
惊起了一群喜鹊
在薄霭里飞舞打旋
黝黑的羽翅带着炊烟的香气，和
稻谷的光芒
它们已找不到去年银河的渡口

今夜，一水之隔的情人
不知能否聚首

故　乡

举头望明月
明月像一面硕大的镜子
但，我在镜子上没有看见故乡
在低头的思索里
我也没有找到故乡

父亲从遥远的天府来到江南
在密集的枪声里
在天亮之前，他丢下我们母子
匆匆赶赴天堂

他没有留下任何信息
我们也就没有故乡
今生，抬头也罢低头也罢
故乡只在脚下
故乡只在心中

故乡旧事（四首）

阿 莲

今年夏天我去了一趟乡下

刚卸下肩上的风雨

在老屋后的池塘里，我看见了

一朵红莲，正满脸羞涩

端坐在水中央

低低的眉眼噙含珠泪

看得我一阵心慌

（哦，脸一定也红了！）

我还是当年的我啊

可阿莲，不知如今在何方

四顾破败的老宅

一滴檐漏落进了我的眼眶

啊啊，阿莲阿莲

哪是我们看小人书的阁楼

哪是我们跳房子的晒场

哪是我们摘豌豆的菜地

哪是我们过家家的竹凉床

还记得那年中秋节晚上
我们在栗树林里捉迷藏
一根栗子刺扎进了我的脚趾
痛得我大声嚷嚷
是你用一根针帮我挑出了刺
又用嘴去吸脚趾上的血浆

还记得那年红莲未开
我俩蹲在池塘边拍手同唱：
"荷花荷花几月开？"
荷花没开，你却摘下一片绿荷
悄悄戴在了我的头上
当我在你脸上轻轻亲了一口
你笑了，笑容像莲花开放

如今，我只能遥望南方
用一个定格将小小的红莲收藏
愿我无言的祝福
带着江南多汁的乡音，和
莲花淡淡的清香
把你的心鼓一次次敲响

阿莲，阿莲
我的童年，我的故乡

阿莲，阿莲……

我的怀念，我的惆怅

桃　花

如果仅仅是一朵桃花

或者，仅仅是一朵桃花的凋谢

也就罢了

但事情并非如此简单，当

一朵桃花与一个女孩的名字相同

桃花已不仅仅是桃花

我的桃花是一个猝不及防的心跳

是一个难言的隐痛

一个一生无法逾越的障碍

小小的桃花

邻家的掌上明珠

如花似玉的豆蔻年华

她比桃枝更细更弱的手臂

因为抓不住一颗小小的毛桃

就悄然倒在了桃树下

在那个饥馑的年代

腹内空空的家人甚至哭不出来

可怜的桃花

春天的一滴泪珠，就这样

永远地挂在那个年代麻木的脸上

她落地的那声巨响

是那年的第一声春雷

桃花，桃花。逝去的美丽

年复一年开在我的心里

桃花，桃花……

艾 艾

艾艾是清明节那天出生的

艾艾出生的时候

爷爷正从野地里采艾蒿回来

准备做艾蒿粑粑的奶奶说

就叫艾艾吧，好养

艾艾真的很好养

不过十几年的粗茶淡饭

艾艾就长成了一个标致的大姑娘

只是艾艾的爹赌博成性

家里能卖的都被他输得精光

终于，他把艾艾也押上了赌场

艾艾出嫁的那天

妈妈的泪水就是她唯一的嫁妆

邻村虽然只隔着一座山

但却是邻县，从此

村里人再也听不到她的歌唱

有人说艾艾的孩子胎死腹中

有人说艾艾多年卧病在床

有人说艾艾被婆婆虐待

有人说艾艾被丈夫打伤

这使我想起了当年村里老人的话：

艾艾是个鬼胎子，这闺女

将来的日子不会顺当

路边的艾蒿黄了又青青了又黄

苦命的艾艾再也没回家乡

每年清明去郊外踏青

看见艾蒿，我总会弯下腰去

长吸一口那苦涩的清香

艾艾，艾艾，童年的伙伴

艾艾，艾艾，清纯的姑娘

石　榴

三岁那年，石榴得了一场大病

因为没钱送医院

两天两夜的高烧之后

侥幸醒过来的石榴

从此变成了一颗真的石榴

露着洁白的牙齿却不会讲话

嘴巴不能说话的石榴

手会说话眼睛会说话

一双大眼睛明亮中透着机灵

一手好针线活儿人见人夸

嘴巴不能说话的石榴

心会听话心会说话

扑七子田子棋，常常是她赢

拔笋子掐蕨蕨，小伙伴也是输给她

虽然村里的学校没法收她

可她能从弟弟的课本学会字的写法

她画的画更是惟妙惟肖

牛羊、花草、房屋、小人……画啥像啥

小伙伴们常常夸她

她总是咧着嘴笑得像一朵花

终于有一天她伤心得哭了

那一天是她出嫁

娶她的是邻村的一个驼背

年纪已快接近她的爸爸

满嘴的牙被烟熏得黄里带黑

左眼旁还有一个大疤瘌

村里人都暗地里摇头叹息

小姐妹们更是气得个个咬牙

但有什么法子呢

驼背的爸爸是公社干部

他开口说话据说是代表着国家

啊，哑姑石榴

好一朵美丽的石榴花

就这样被插上了一坨牛屎巴

第二辑　把酒倒进心里

河水向东，我向西

河水向东，我向西
这清澈如许的河水
我不知道她究竟从哪里来
但我知道她来自西方
也许就是人们说的另一个世界

河水向东，我向西
我要找到她的出生地
然后把自己埋葬在那里
我希望我会融化
当我再次出现的时候
我将是一泓清流
这个世界不会再将我污染

夜 读

整个天空只有一颗星

但，这已足够

这小小的光

它照亮了我的额头

骨髓和血液

我孤独的灵魂是一匹

无缰的野马

黑夜是它唯一的骑手

在文字生动的光亮和风声里

谁能比我跑得更快

更远

天　桥

车流，铁栏，警察
无路可走，只好
上天桥了

一个乞丐伸过手来
他身旁的拐杖
暗示天堂的路并不好走
一个相面先生拉住我
"大哥，好面相呀！"
而旁边一个卖刀的哑巴
他的面相和挥舞的菜刀
倒使相面先生先改了面相

站在天桥上，我进退两难
一滴冷雨落下来
从遥远的天堂，一直
砸进我深深的心底

2009 年 4 月 14 日

听音乐

夜晚适合写诗
而午后很适合听音乐
在一杯茶或咖啡里
音乐会顺着倾斜的阳光
爬得很高
一直爬上楼顶爬上天空和
比天更高的脑门

当四周渐渐昏暗下来
飘浮的旋律就会
返回到屋子里
像一群小鸟偎依在身旁
柔软的羽毛轻撩耳窝

在夕阳的余晖里
你会看见
音乐闪闪的光
把满天的星星点亮

陈旧的日子

还是那顶太阳
还是那只月亮
还是那双跛腿的老路
一路尽是磕磕绊绊的故事
还是那一块块锈迹斑斑的话语
以及一件件书本、广告、短信
和长满口水的雌性……
哎哎！这日子太旧了
穿在身上总觉得不舒服

这些天来
我就一直在洗这件旧日子
很用心地洗
我想把它洗得干净一些
洗得新鲜而精神

这陈旧的日子
是我生存的唯一理由

土拨鼠

据说人的命运与属相很有关系
那我就是一只老鼠了

但肯定不是米老鼠
因为我既不聪慧也不甜蜜
长相更不讨人喜
我也不愿做一只可怜的小白鼠
在实验台上任人摆布
我虽然家庭观念很强
却不像家鼠那样
只知道仇恨和糟蹋生活

我热爱山野钟情田地
粗糙的泥土有文字的气息
花草更有诗的芳香
在植物发达的根系下面
在大地温暖的腹部
土洞正好可以躲避人群
在寂寞中咀嚼和思考

我这么说你一定猜到了
对，我就是一只无拘无束
且死脑筋的土拨鼠

散 步

晚饭后，总喜欢出去走走
一路上，胃在一点点消化食物
脑袋在一点点消化思想
思想就在一点点一点点消化我

走着走着就走到了郊外
走着走着就走进了黄昏
走着走着就走出了灵魂

走在朦胧的夜色中
忍不住回头望了一眼
我看见，远处一片昏黄的街灯下
我站在城市的十字路口
一脸茫然
我知道，此刻
这家伙一定正为
找不到回家的路发愁

时光倒流

从一杯淡酒里站起来
擦干净身子
和发黏的思绪

夜的黑使我缩紧了伤口
有一些暧昧的汁液
溢出时间的表面
脚步踩进往事
发出的尽是春天的鸟鸣

在一个巨大的门影里
我看见一棵老树
正拉着寒风不肯放手
喝了太多的秋霜
微酡的落叶腿脚有些打颤

穿过露水的教堂
我掩饰不住自己的惊恐
在月亮苍白的怀里
又躲躲闪闪地活了一回

斑马线

在城市的丛林里行走
我总是胆战心惊
公交、大货、轿车、摩托、拖拉机……
钢铁的动物一路狂奔
谁也不在它们的眼中

应该感谢这些斑马
它们躺在每一条路口
以献身的姿态告诫行人：
当心那些猛兽！

打　架

我生性懦弱
从来没有与人打过架
但昨夜我打架了
不是与别人，是与自己

夜晚的我与白天的我
扭打在一起
两个人嘴里还不停地争论
白天的我说是
夜晚的我却说非
当白天的我说不可
而夜晚的我说可
他俩互不相让以致大打出手

他们打累了
我也就睡着了
所以他们争吵的结果
我一点也不知道

以诗歌的名义面对一张白纸

从黑夜出发
穿过竹简和故纸的原野
我疲惫的脚步总是
有些踉跄，有些迟钝

古人悲怆的吟唱
像一串串马蹄踏在我的心上
被风卷起的石块
从高山上滚落下来
滚进了河谷
呛住了嗓子的江水
又一次次漫上我的眼眶
沉沙泛起的折戟
锈迹斑斑却依旧锋利无比
看一眼都会痛到心里
在岁月长满历史苔藓的岸边
河滩如同一张白纸
阳光的反射灼痛了我的灵魂

面对这张硕大的白纸

除了以诗歌的名义跪倒在地

我还能做什么

我想慢下来

高速公路、高速铁路、飞机
快速更新的电子产品
快速生长的反季节蔬菜和
转基因家禽
高速上涨的房价
水电费、医药费以及
身体里的血压、胆固醇
……
这个世界一定是饮酒过量
或者是服用了兴奋剂
它已无法控制自己

我不知道它累不累，反正
被拴在世界尾巴上的我
已感到累得不行
我想慢下来

我想回到童年的老屋
坐下来喘口气
我想在后院那堵倒塌的墙脚下
找回当年逃走的一只蟋蟀

和我挂在口边的童谣

我想把玩泥巴的双手
在衣襟上用劲擦干净
然后从背后悄悄地
蒙上邻家女孩的眼睛

我想打一盆井水
泼湿门前夏日傍晚的石板地
以便舒服地躺在竹床上
听外祖母讲那些古老的神话

不过，我还是最想
一个人静静地想一想
想一想
如何让自己慢下来
慢下来

破地球

在哥本哈根
一场足球赛刚刚结束
场地中央的那只球
已经被踢得破烂不堪

而球员们正在握手言欢
据说是打了个平手
不分胜负，但媒体报道说
"各方都作出了妥协"

我只是趴在这只破球上的
一只小蚂蚁
我不知道谁的最后一脚
会把这只球踢进
太空中被污染的深渊

对　镜

这原是一片肥沃的土地
种下故事，生长甜蜜

数十年的耕耘
数十年的风雨
如今，这块地已变得贫瘠
青葱的已经斑白
茂盛的也不再浓密
剩下的如此稀疏
更加值得珍惜

所以，我早晚精心打理
好让这块私家小园
显得有点生机

蛰伏期

一片雪花深入骨头

又从眼眶逸出，就这样

悄无声息地带走了我内心的寒冷

在这个最后的冬天

我像一只面目丑陋的老蛤蟆

静静地等待着

那来自天边的滚雷

我并不着急，因为我知道

上天的列车不会晚点

茅　草

霜降过后，山坡上的
茅草就全白了
而比茅草更苍白的
是我的双鬓和
双鬓下的思绪

风从茅草上轻轻拂过
叶子从我的手指上轻轻滑过
一滴鲜血落地的红
惊起了草丛中的一对斑鸠
是它们发亮的羽翅
带走了我的忧伤

夜 归

变幻不定的灯光
把我写在城市混浊的夜色里
笔画歪斜不是我的错

飞扬跋扈的宠物
一遍又一遍将我挪移
本该属于我的轨迹

无数小汽车打着饱嗝
尖厉的狂叫溅了我一身
夜越来越沉
而我在夜的下面

我在思考，从哪里
掘开一条隧道
才可以逃出

我看见我

打开灯光像打开电扇
越来越强劲的风
把我吹得越来越远
先是一些句子
然后是一些词组和字
后来，连刚刚冒头的声母
都全被吹了个干净

我找不到我
只好关灯休息

黑暗中，我看见我
一点点一点点向我走近
我一把抱住我
我感觉到我把我
搂得越来越紧

人　生

我在这个世界上行走
从一个地方去到另一个地方

白天是一把闪亮的刀子
锋利和快速使人感觉不到疼痛
它一点点切掉我的骨头
我的肉体，我的躯壳

夜晚是一把黑色的刀子
粗钝和迟缓已经使人完全麻木
它一点点割掉我的睡眠
我的思想，我的灵魂

那些被切割掉的我
放在另一个世界
而我日夜兼程地匆忙行走
正是要去另一个世界

我要去取回那些原本就属于我的东西
我要取回我自己

我必须离开

落叶摇响闭幕的铃声
秋风扯起灰色的雨帘
是时候了，我必须离开

必须卸下风尘
卸下满身贪婪的目光
我清白的身子，和
比身子更清白的灵魂
不属于这个肮脏的世界

我必须离开，必须放下灿烂
放下额头上生动的六月
我心里那首有些苦涩的诗歌
已无法押上季节的韵脚

我唯一的寄托
是手捧江南最后的忧伤
趁着黄昏暧昧的月色，悄悄
偷渡到你的子夜

献　诗

风在我的周围聚拢
一颗星从大地的肋骨升起
天空这座大教堂
把门打开，又悄悄关上

上帝不在这里
我所有的孤寂无人交谈
世界突然转过身去
消失在一片白色的烛光里

自　语

我是一匹孤独的老马
在城市的荒漠中
它的双眼被霓虹灼伤
因而它的奔走显然有点盲目
它的嘶鸣总是被一浪高过一浪的
喧嚣的市声淹没

而我的心是这匹老马
唯一的骑手

我渴望一次真正的远行
带着我的所爱
走出眼前的困顿和无奈
大千世界，险象环生
我必须学习先人
放浪形骸，放逐灵魂
趁夜色未央
记住天上依稀的足迹

也许我不是一个好驭手

但我起码还有一副古道热肠

起码我羞涩

起码我自言自语并写诗

一个人的夜晚

一个人的夜晚是一部虚拟的历史
没有谁是英雄
没有争夺和杀戮，也没有
江山美人，酒在杯中
半桌的菜早就凉了

一个人的夜晚是一阕长短句
平平仄仄，从夜的背后
轻轻吟出，一字一句都押在
隔山隔水的韵脚上

一个人的夜晚是一段寂寞的抒情
却被青弋江拴住了脖子
你在彼岸，我在此岸
我微弱的心跳在黑暗里闪烁
没有痛苦也没有暗泣

一个人的夜晚是一盏孤灯下
总也读不完的残卷
没有来世，只有今生

瞬间的感觉

快速旋转，日月星辰一闪而过
我和我的心都很安静
一切都有规律，世界很小
像一粒被风吹起的菜籽
落进了我的眼里

快速奔跑，日月星辰迎面扑来
我紧紧抱住自己的心
世界被撞出了一个大窟窿
我侥幸从这个洞洞爬了出去
外面我可能还不适应
但我会慢慢习惯

2012 年 12 月 16 日

过　往

回忆的词语如此快疾

闪电般写出早春、草地、桃林、溪流

写出坟地，和坟地里飞舞的灰烬

郊外、河堤上拖着长长影子的黄昏

写出灯光下的青花瓷、暧昧的午后

疯狂绽放的罂粟花，写出

池塘、一只红蜻蜓从荷叶上飞起

通明的翅膀灼伤了我的眼睛

写出发黄的草叶下几只步履蹒跚的蚂蚁

让我长跪不起，泪流满面

肩胛上结痂的伤口，闭口不说疼痛

岁月是一阵温凉的风

它带走了肤浅的生活，和一些忧伤

许多沉重的事物却永远留了下来

并且深藏不露

2013 年 11 月 4 日晨跑途中

时间是位清洁工

时间是一位勤劳的清洁工
她每时每刻都在劳作

这个世界很不安宁很不卫生
每时每刻都有肮脏发生
要不是时间如此勤快
这个世界肯定不会干净
人们的心也不会有片刻的平静
不会有和平和幸福
而我，也不会活得如此
没心没肺

风吹芦花

那天去河那边看望一位陌生的
朋友，在河之洲
我迷了路，被一大片芦苇纠缠

芦苇同我一样，摇晃着满头白发
轻声细语吟诵自己的诗
但，我一句也没听清
讨厌的风，把那些发自内心的句子
吹向了远方

此时，如果你恰巧在远方
不知道，你是否听懂了
这首略带伤感的诗

聆 听

经年的伤害，已使我完全失聪
再也听不见山崩海啸、地震
沙尘暴、尖利的车鸣和喧嚣的广告
听不见夜总会淫荡的浪笑
邻里之间声嘶力竭的相互辱骂
喜宴或葬礼上呼啸的鞭炮，以及
报告人振振有词的演讲

世界如此躁动，而
我心平静
在城市的一隅
在大地的低处和天空的高处
我清晰地听见
小巷背后有人低声抽泣
我听见酣睡的婴儿梦中吮吸乳汁
有人关闭电脑，用笔在书写
纸上沙沙声如清泉流淌
更远的野外，一只迷路的小鸟
奋力扇动羸弱的翅膀
河堤上的小草，正伸出小手
捧住从天滴落的露珠

一些花朵赶在日落之前关起门窗

吱吱呀呀的门枢响起一片

一只土拨鼠从树下匆匆跑过

惊醒了早睡的一群蚂蚁

它们有些慌乱地喊叫

如一阵梦呓在地下悠悠回荡

在我失聪多年以后

这些细小而微弱的声音

总是把我的心挠得一阵阵发痒

这些和谐而美妙的声音

阳光一样温暖并滋养我的心

使我活得满足且细腻

我活在自己的忧伤里

我还活着，这是很幸运的事
而且衣食不愁，我应该满足才是
有时还写诗，更是有福的了
然而事情并非如此简单

我这样活着，上帝很不高兴
于是，他给我制造了一些麻烦
一些我乐于接受的忧伤

现在，我每天不得不忧心忡忡
夜晚也总是失眠
世界混浊，但爱情一尘不染
生来的洁癖使我苦不堪言
许多事情并不需要什么理由
就像一场突如其来的风暴
雨水摧残了一些花朵
但大地因此会更加生机勃勃

就这样，那些小小的忧伤
从此留在了身体最柔软的部位

我活在自己的忧伤里，无可救药
而那位美丽的大夫束手无策

2014 年 7 月 8 日清晨

十病区

十病区有我的一个床位：12 号
这是一个神秘的数字
与岁月有关，与星座有关，与生肖有关
现在，它与我的伤痛有关
与我辗转反侧的沉默和孤独有关

雪白的墙壁与有些污渍的床单相互仇视
如同新的领导与他的前任
这加重了我内心的顾虑和不安
跑进跑出的吊瓶，针管和带血的绷带
一脸若无其事，但我还是
从间断飘过来的轻轻呻吟和叹息声里
听出了生命的重量，爱的重量

卸下肩头小小的伤痛，我依然感到
骨头里的火焰燃烧得更加热烈
我想起灯光下的一件瓷器，曾经被火拥抱
如今，它冷冷地注视这个世界和我
回忆生的艰难总是超过死的痛苦，我多想
从此挥挥手告别这滚滚红尘

但，生的欲望还是向我频频招手

想想那些花儿，想想那些草叶上的露水

想想老屋里那只燕巢和巢内的燕子

我依旧如此深深地爱着你们

生，无须与不愉快的日子赌气

秋天的深入，会把爱内敛得更加成熟

2014 年 10 月 8 日术后于病榻

吊　水

谁在唱：风中有朵雨做的云
我头顶上的这朵云，饱含爱的毒汁
落下的每一滴，都利箭般
深入我的肌肤我的骨头，
它是上天的一句咒语，是我
前世情缘未了的女子，来赴今生的约定

痴情的女子，水做的骨肉
今生，我们便做了恩爱的半路夫妻
后半生有你相伴，是我前世修来的福分
你是我血中的血，骨中的骨，肉中的肉
有你，我所有的疼痛不治而愈
有你，我的心从此不再得病

你在高处，我在低处
请允许我一错再错，跟你同流合污
夜夜抱香而眠，醉生梦死
从此享受不尽这低低的幸福

2014 年 10 月 11 日 16∶50

我的风中残年

风雨中搀扶着我的，是谁的青青年华
让我少了些忧虑，少了些担惊受怕
青衣婆娑，却并不是弱女子
手指纤纤，似一根扯不断的丝线
紧紧系住了我的风烛残年

生命正蓬勃，你还在季节里挂果
今生，我已无法开花
是上天的眷顾，让我们站在了一起
虽然秋已逼近，但，在冰雪压顶之前
我，还不会倒下

2014 年 8 月 24 日

不再回来

我们都是凡身肉胎

没有谁能够长生不老

有一天我们都会离开人世

至于到什么地方去

可就没人知道了

也许有人期待来生

也许有人希望再次回来

为着一些今生未了的情

为着一些今生未清的债

但我，离开以后绝不再回来

虽然我也有一些遗憾

也有一些无奈

也有一些难舍难弃的爱

我在这个世界待得够久了

这混沌的天空

这污秽的大地

无处不在的肮脏交易

以及乌纱帽下卑劣的灵魂

……

啊，这一切我已看够了

总有一天我会离开

这个鬼地方

我已下定决心不再回来

绝不再回来

把酒倒进心里

把酒倒进心里

让酒的清纯和锋利

穿过生活虚构的画皮

深入骨头和灵魂

酒是高山流水

酒是清风明月

酒是漫长黑夜之后的黎明

是黎明胸前的花朵

是花朵中的蜜

酒从粮食脱胎换骨

淳厚朴实的品质一如粮食和

种粮食的人

被酒陶醉而又被酒清醒

我们的一生才会丰富多彩

我们的一生才算真实

并趋于完美

2008 年 9 月 27 日

临时工

是上帝的一时疏忽
还是阎王爷的偶然大意
我被派遣到人世间来
临时出一次为期几十年的差

"洞中方七日，世上已千年"
几十年，在他们的眼里
不过是很短的一瞬
好比过去老财家的零工
现在的家庭钟点工
远不如企业里的季节工或临时工
就那么一小会儿的活儿
一旦事情结束
就得走人，合同注销
名字从《生死簿》上一笔勾销
那时，我在这个世界的人生旅程
就算走到了尽头

我知道，在这个世界上，嘿嘿
我只是一名临时工
可是，在上帝和阎王爷那里

大千世界，芸芸众生
谁又不是一名临时工呢

2014 年 6 月 17 日夜

岁月是把杀猪刀

岁月是把杀猪刀
每一刀，都切中要害
但却不见血

那个操刀的家伙我不认识
当然，他也不认识我
在他眼里，所有的人
都是猪

2016 年 12 月 27 日夜，散步归来

第三辑　风花雪月

风、花、雪、月

风

风，并非起于青萍之末
风起于蝴蝶的翅膀
那两只名叫梁祝的蝴蝶
翅膀只轻轻一扇
风便刮了千年

其实风也并非起于蝴蝶的翅膀
其实，风起于蝴蝶的心灵

花

花非花
一树桃花是春天
一枝莲花是夏天
而一朵梅花是一句暗语
是一种默许

此花非花
比梅还要迫切的是燃烧

是暧昧和焦虑
不说有不说的难处
满腹的心事含在蓓蕾深处
请不要指责她的忧伤

雪

我多么想捉住她
但她不是一只蝴蝶
她不是一朵柳絮
她也不是一条游鱼
你一旦捉住了她
她就会立即化作一滴泪水
滑过指缝杳无踪影

我只能隔着窗户凝视她
就像隔着来来往往的人群
默默地看你

月

比大地沉默的是天空
比天空沉默的是我
而比我更沉默的是月亮

其实说不说已不重要

在我眼里，你是最后一颗

熟透的果实

我就要把你收获，然后

永远珍藏

在那年黄昏后的柳梢头

青花瓷

（一）

青青的花如披散的秀发
你的心跳就在这秀发后面
默默地呼唤我

今夜的灯光饮了过量的酒
便有些暧昧有些朦胧
但我还是看清了
你被灯光打开的胴体
洁白而圆润
我身体里的春风溢出指尖
渐次渗入青花
渗入瓷温暖的深处

面朝大海，手捧青花瓷
今夜，我从往事里打马归来
一次又一次被歌声绊倒

（二）

面对这赤裸的胴体

我必须抛弃虚伪和羞涩

瓷的光芒深入骨髓

一次次挫败我的怯懦

当手指顺着柔和的曲线反复摩挲

发出的火花瞬间照亮暗夜

每一个角度都是新的欣喜

让我在妖娆和缠绵中迷失自己

担心打碎的心情总是很纠结

语言比青色更青涩

一说出口便悄然融化

说喜欢是远远不够的

痴迷和疯狂在内心不断交织

一直把我推入爱的深渊

（三）

她是一个时代的符号

现在，她是我全部的钟爱和

欲望

青丝有些凌乱

那正是一种散发弄扁舟的飘逸

一种收放自如的狂野

而洁白的肌肤

总是在暗夜里照亮我的灵魂

照亮我对美人的

一片痴情

我不是收藏家

也不是一个玩家

我只是喜爱瓷

喜欢被瓷诱惑并被瓷蹂躏

（四）

闭上眼睛，屏住呼吸

沿圆润的曲线

让手指带着心灵的感应

抚平岁月的裂痕

她旺盛的生命力

以柔软的质感从脆弱中展露

我在缄默的暗许下

摸到了久远的暖意，和

血脉贲张的光芒

喧嚣退去，晕眩到来
身体里的另一扇门打开了
隔世的默契
此时的瓷如女人般沉睡
青草和野花的清香
四周弥漫，令人沉醉

梨

在春天的背后
梨花洁白的衣裙里
我看见，黄皮肤的梨
端坐如处子

她丰满的胴体
像一支琵琶
暗藏整个春天的旋律
她在等待秋的手
弹响自己内心多汁的和弦

石　磨

苍苔爬满了额头

牙齿也已脱尽

无法咀嚼粗糙的玉米

和有些苦涩的日子

但我总听到你沉重的喘息

从遥远的岁月传来

在村头的老槐树下

我的手多想穿过春天

紧紧握住老祖母

那双长满厚茧的手

青花钥匙

这样的青色是天空的最高处
需要带着虔诚仰望
望着望着身子就会飘起来
望着望着心就会飞

这样的花是好人家的女子
一袭裙衫薄如蝉翼
这样的花最宜在灯下观赏
手指的轻抚，可以
感觉血液在饱满的花瓣上流动
听见鸟语在花蕊里呢喃

而这样的一把钥匙
是春天两情相悦的一句暗语
是心灵偷渡的一叶轻舟
手握钥匙，瓷的光芒
如蜡烛熄灭之后的一道闪电
我在暗中悄悄等待
那随之而来的一场疾风暴雨

老宅叙事（六首）

高高的马头墙

这匹疲惫的老马，如今
已经丝毫没有了当年的威风和荣耀
如今，它遍体伤痕
头颅低垂鬃毛凌乱双耳失聪，再也
不能叱咤风云颐指气使

风雨穿过墙垣
发出阵阵哀鸣，似在诉述
又一个平常的沧海桑田的故事

生锈的门环

风雨斑驳了门板
岁月侵蚀了门环，却
永远无法磨灭深埋心中的情感

每当夜深人静
似有叮咚门环声声响起
是当年一个待月西厢的约定

还是一场两情相悦的偷欢

是因为茫茫人海中一次偶然的回眸

还是一段罗密欧与朱丽叶式的恩怨

现在都已无关紧要

真正的爱就如同这道门

一个是板，一个是环

板上钉钉，刻骨铭心的缘

天　井

这口井已经荒废

幸好井水还依旧清澈

人们可以从这里看看青天白云

看看星辰月亮

而更多的时候可以用来

看阳光像一句历史的不朽预言

把生活的真谛揭穿

风　车

一生都在唱着一支丰收的歌谣

一生都在用良心判辨真伪

把劳动的真诚留下

将生活的糠秕扬弃

你粗狂的歌喉虽然有些沙哑
却曾是乡村最受欢迎的歌手

蛛　网

一张纤细的网
如何能捞起岁月里
太多沉重的往事

这是一张生活的旧唱片啊
一道道密密匝匝的轨迹
记录着老宅的喜忧哀乐，和
从繁华走向衰落的变迁

灶　台

灶台已经坍塌，但
生活还得继续
千里搭凉棚，没有不散的筵席

走出这座老宅
谁说不会又是一片新的天地

老　井

大半年没下雨了
村头的那口老井
像一只干瘪的乳房
再也挤不出一滴清水
一样干瘪的还有
村外大片的田地
和绕村而过的那条弯弯小溪

而更干瘪的是
我曾经汹涌的诗情
那些清澈明亮的词语
如今被火炙烤
只剩下一些焦炭
不时冒出一缕呛人的黑烟

一杯葡萄酒望着一串葡萄

夜总会的玻璃桌上
一只高脚玻璃杯旁，是
一只低矮的果盘
一杯通红的葡萄酒紧挨着
一串新鲜的葡萄
葡萄酒显然已经醉了
而葡萄很清醒
我也醉了，但我的
心很清醒

从葡萄到葡萄酒是一条路
从乡村到城市是另一条路
那么，从村姑到舞女
又是一条什么路
藤藤蔓蔓的乡间小路上
谁又能找到那些
磕磕绊绊的带血脚印

干 红

隔着玻璃，与一杯酒对坐
我感觉裸体的酒，已
把我彻底看透
厚厚的棉衣，和
比棉衣更厚的夜色
也掩盖不了我
粗钝的欲望和慌张
在她暗红的眼神里，我
只能算个低级的罪犯

这杯酒有个暧昧
而近乎淫荡的名字：干红
这难以抵御的诱惑

那就干了她吧
干

残　荷

昨夜的风很紧

昨夜的雨很冷

它带走了我一声长长的

叹息。却无法带走

荷，那一缕香魂

从《诗经》的源头走来

一路含辛茹苦

小小的荷

水做的骨肉

风尘中的弱女子

如今，卸了一肩粉黛

早被看花人冷落

寒塘独凭栏

我的牵挂比荷更憔悴

而荷，默默不语

心比秋水还静

野　菊

我不属于春天的蝴蝶，也不属于
夏天的蜜蜂
我宁静的心只属于秋风秋雨
只属于古道野径

寂寞是一杯旷世的淡酒
温暖并安慰着我的心
只要不争名于朝，争利于市
何处不能安身立命
上天的露水在暗夜里降临
东篱南篱都是故乡
前世的约定让我与陶公结缘
他不为五斗米折腰
我岂能向轻霜屈膝

我的花朵虽小
也是秋天一段闪光的句子
当秋风翻阅大地的书页
不知你可读懂了我心里面
淡淡的忧郁

椅　子

不知多少年了，就这样
一直默默地端坐在岁月深处

眼前的这方天地
也许是小了点，小得
只能看见井口大的一片天
蒲团大的一块地
但他有些老花的目光，却
早已看过了花团锦簇
看过了灯红酒绿
看过了檐漏如何一滴一滴地
慢慢穿透封建主义的石槛
也看过了受凌辱的膝盖
在一夜之间站成了顶梁柱

没人知道他在这儿
还会坐多久，还能坐多久
他日渐松动的骨架
已撑不住游客嫉羡的赞赏
他内心积淤的伤感
像屋梁上的灰尘

堵得他有些透不过气来

他就这样一直坐在这儿
把岁月坐成了风景
把自己坐成了岁月

青 蛇

（一）

杭州出美女，杭州的美女

经西湖的水沐浴

便面若桃花

曲线婀娜

像一条青青的溪水

蜿蜒流淌

在一条这样的清溪里

游泳，即便是溺水而亡

也是幸福的

（二）

剑鞘打开

书本合上

一道幽幽青光

寒气逼人

两个人的江湖

总有些寂寞

花纸伞打开
剑鞘合上
收拢的光芒
在暗夜里游走
悄无声息
一袭楚楚青衣
风动撩人

美，无处不在
总是像三月的藤萝
暗中爬上心墙

白娘子

（一）

阳光穿过竹林的瞬间

叶片上的一颗露珠睁开了眼睛

她有意无意地看见了

一对恋爱中的鹧鸪

是它们的缠绵

打动了江南，打动了西湖

也打动了一条蛇的春心

这时候必须有一场雨

必须有一支窄窄的乌篷船

咿咿呀呀拉出两颗心的节奏

然后由一把花纸伞

悄悄收拢

（二）

五月的江南梅子黄透

五月的杭州榴花正红

五月的西湖菖蒲茂盛

但五月的美人不穿红戴绿
一袭素裙
像一道白色的闪电
打开了天空的乌云，和
一位书生的惊喜

所有的艳遇都暗藏危机
但能够脱胎换骨
再大的疼痛也算不了什么

地下的梅

与煤同名是梅的福分
地上的梅，是大寒大冻的云霓
是节气的精神，如同煤
是大黑大暗的花朵
是大地的精气神

而煤，与梅同音纯属巧合
煤在大地深深的胸膛，呼吸着
千万年的阴晴雨雪风霜雷电
收纳了千万年的太阳月亮星星之光
当一双同样黝黑的手
把它从岁月的深处捧出来
煤，便会像梅一样
开出最热烈、最灿烂的花朵

一些泪水被春天接住

这个早晨，谁在哭泣
暗藏在心灵最深处的语言
那些经过燃烧的词
就这样砸痛了大地的肋骨

而有一些泪水幸运地被春天接住
有一些深刻的暗示，一些
多年潜伏的韵脚
醍醐灌顶，足够滋养我一生

艾　蒿

端午节已经过去了
粽子也吃完了
只有那一把艾蒿还挂在门边
叶已有些枯萎
像一个无家可归的孩子

每次进出家门
我总会不由自主地
吸一下鼻子
越过一丝淡淡的苦香
细细咀嚼
与艾同音的那个字

2012 年 6 月 30 日

中山路

中山路与孙中山没有任何关系
中山路也不是大街
中山路其实是一条巷子
弯弯的呈 S 形

巷子南头有个不大的花木市场
一年四季都有春的气象
北头有家卖春药的小店
门脸上一年四季挂着厚布帘子
从不露一丝春光
除了夜晚，白天没看见过有人进出

我很是好奇
南头那些蓬勃旺盛的花木
是不是都使了北头这家的春药

今天是鬼节

夕阳西下，暮色四合
我点燃一摞纸钱

晚风是阴阳两界最可靠的驿差
我这边刚一松手
他就飞快地抓起钱
一溜烟上路了

在余烬暗红的微光里，我看见
先人们列队走来
他们面容安详，这说明
那边的日子比这边要平静

这我就放心了
今天是他们的节日
本来想要说的许多话
也就觉得多余了

2012 年 8 月 31 日（农历七月十五）

看 雨

一把伞，如何能遮挡住
无数的眼睛
这些细小而清纯的眼睛
从上到下，把我看得
体无完肤。幸好
我没有做什么亏心事
不然，我会一生不得平静

走在雨中，我在看雨
雨，也在看我

与春天无关

风走过，把泪留下

这些种子适宜在夜里发芽

适宜在纸上开花

如同春光，把内心照亮

但，无论如何

请不要靠近我，不要

走进我幻想的文字

花朵迟早都会枯萎凋谢

而我的雨水

只不过是让这种结果

有一个美艳的开始

河水向东，我向西

重　逢

时间打了个小小的盹儿
刚刚凋谢的笑容
又惊奇地打开了
浮动的暗香，和
乍暖还寒的黄昏

也不必嘘问
也不必背诵陈旧的台词
月亮偏西时，也许
会有一声断裂
把梦拾起

人生其实很简单
不过，重逢总是把弦
调得太松，而别离
又把弦调得过紧

生活的调子
哎，真是难弹啊

蝴蝶梦

从寺庙回来之后
那两只蝴蝶就一直
在我的梦里上下翩翩
那天的阳光很热烈
我的汗水和有些猥琐的仰望
随着蝴蝶一路向上

两只蝴蝶，一只是春
另一只是秋
中间只隔着一个匆匆的夏

其实，在这之前
我与它们神交已久
但，我心里知道
在佛的面前
我不能有
任何世俗的杂念

2013 年 9 月 14 日夜草，10 月 25 日下午改定

沙　发

她躺着，完全地打开了
自己的身体
只为了让我更舒服
与她相拥，被她爱抚
胸膛紧贴着胸膛
像一块磁与一块铁
摩擦出火

在各种姿势中，本能地沉醉于
快感与紧张
偶尔也有一些自卑

我对这种周期性的游戏
乐此不疲
像一个孩子

时　间

我匆匆地赶路，总是
与迎面而来的时间擦肩而过
我与她不是一路人
我与她一生背道而驰
她走向永恒，我走向末路

但，有时候我也会
回过头去，默默看上她一眼
我看到的只是她的背影
朦胧的虚幻的飘忽的美妙的
背影，有些清瘦有些娇小
而孤单，这一点倒与我很是相像
虽然看不清她的面容，可
从那不紧不慢略带懒散的步子
我还是觉出了
她，有些伤感有些忧郁

我时常在想，是不是

擦肩而过的瞬间

她把伤感和忧郁也传染给了我

2014 年 1 月 14 日晨

春　分

雨过天晴，太阳又旺盛起来

春是一壶烧不开的水

温度总是恰到好处，所以

你不必等待太久

你也无须沉默，无须左右顾盼

乡间的路铺开了蛛网

每个人都会是一只蜘蛛

预谋的邂逅、命定的艳遇或者野合

一些该发生的事总要发生

季节是一本古老的线装书

春分的兰花指一弹

春天，就轻轻翻过去了

2014 年 3 月 21 日春分日

小桃红

那天，我看见桃花
轻轻地翻了个身。花瓣落下时
花萼挺起了腹部

在这个春天
桃花怀孕的消息不胫而走
风笑弯了杨柳腰，云朵喜极而泣
多嘴的画眉用一串俚语
把乡间的风流韵事唱遍了江南

背靠桃红柳绿，一个诗人搜肠刮肚
也想不出一句贴切的诗句
我已经被完全束缚
她腼腆的青涩让我一阵战栗
她张扬的红颜是无法抗拒的性感
一下击中了我的幻想

我要说，这小小但饱满的红
是我今生所见最大的
一颗相思豆

牌　坊

肉体倒下，灵魂站起
生命的枯荣根本不能自己
那些前朝的事件
总是被权势们玩弄于股掌之间
多少年后，人们看到的只是一地叹息

比石头坚硬的还是真理
岁月的风刀霜剑斩不断历史的脐带
风雨的刻痕，斑驳的苔藓
像一本线装书，带着骨头的韵律
总是被后人反复研读

牌坊，像一位饱经风霜的老人
至今走不出前世的宿命

2014 年 12 月 29 日

小 青

那年春游西湖的风流艳事

不只是一个美丽的传说

一把油纸伞，遮住了世俗的风雨

撑起了一片爱的晴天

如今，你穿越时空款款而来

一袭青衣，掩卷起一册香艳的封面

那一夜，我醉里挑灯，轻轻翻动书页

不小心打开了无数灯火阑珊

不仅是杭州，还有苏州

不仅是西湖，还有太湖

也不仅是昆仑，还有泰山

也不仅是中原，还有江南

桃花红了又谢，谢了又红

一川烟雨怎么能遮住你窈窕的红颜

那一夜，五百年苦练修行的正果

被一段前世的姻缘打断，你

走进了人间红尘，放下了七星宝剑

从此，看水是水，看山是山
用余生续了这旷世的情缘

2014 年 8 月 20 日

追寻杜牧（四首）

清明时节雨纷纷

清明时节的雨，每一滴都是泪

每一滴雨里都闪着一个亲人
口含艾蒿，面色安详
他们在野地里幽悠游荡
不时顺着雨水打湿家人的眼眶
或者随着飞舞的纸灰
爬上家人的衣襟
但，他们不会跟着家人回家
他们不愿打扰活人的生活

清明的雨水
来自人间，升上天堂
每年清明都会纷纷重返人间

多少楼台烟雨中

隔着重重雨帘，我在江南的山村水郭
一遍又一遍地眺望

哪里是兰舟催发的杨柳岸

那里是酒旗打湿了眼眶的楼台

连绵烟雨是一把断肠剑，可又

怎么能割断从桃花凋零的津渡，到

繁华都市的脐带

邻家妹妹是手提装野菜篮子走的

至今迷失在灯红酒绿的街头

她被蚂蟥叮咬过的双脚

再也走不出那些花天酒地的楼台

坐看牵牛织女星

七月，天河再次涨潮

茫茫夜色里，我根本无法分清

哪些是眨眼的星星，哪些是飞舞的流萤

也无法分辨耳畔的呼啸

哪是奔涌的浪涛，哪是扑闪的鹊翅

天河是人间一道深深的伤口

今夜，再一次被揭开经年的伤疤

疼痛在无数两地相思的心上

二十四桥明月夜

月亮还是唐朝的那个月亮，可是
桥已不是当年的桥
月笼寒烟，山色迷离
软软的秋风扶不起满园衰草
却捧出一阵淡淡的菊香
醉了瘦瘦的西湖
和比一缕西风更瘦的玉人

这样的夜是适合吹箫的
适合让满腹的心事
从小小的伤口缓缓逸出

2014 年 11 月

文房四宝（四首）

笔

历史是直的
拿笔的手
总是把它写歪了

墨

天地一闭上眼睛
狂风便饱蘸夜色，任意挥毫
这样的书法
太阳根本不屑一顾

纸

很薄很薄，但
却能承载
异常沉重的历史

砚

平台是小了点
那要看表演者的智慧
和功夫了

禅院遐思（六首）

木 鱼

是木，原来高大挺拔的身体
现在曲身长跪不起
是鱼，原来鲜活激灵的生命
现在麻木僵死

成天任人敲打
单调沉闷的哀鸣声中
究竟有几人能悟出
人生的真谛

莲 花

人的出生无法选择。莲
出淤泥而不染
濯清涟而不妖

而佛，虽生于红尘
却不染红尘
所以佛选择了莲

从佛可以窥见莲
从莲可以悟到佛

油　灯

一朵燃烧的莲
以自己悲壮的献身
向人们诉说着一个灵魂
追随佛的心愿

焚　香

在佛的面前，无须多言
所有的心事
都化作了袅袅青烟
那炉中的香灰
便是奴的寸寸柔肠

轮　回

日落日出，月缺月圆
秋去春来，花落花开
这纷繁的日子
总挣不脱这简单的轮回

问 佛

纤云不染，清风无影
空空的苍天
为什么总是让人无限敬畏

是因为它的高和大
还是无瑕无欲

第四辑　随风而去

随风而去

随风而去的，是夏天的
那场雨，是雨中的那片树林
和林中的一只鸟
我肩上落满她的啼鸣。一声声
都是我的小名

来不及捧起诗歌，我就
跌倒在一滴雨水里
头枕着午后的心跳
那随风而去的，妹妹
不只是蓝花的窗帘
还有我额上的唇红，和
心底的风暴

从黄昏的湖水里
喝了太多的月光
我的鬓角发出秋霜的惊叫
妹妹，那随风而去的
只是一小块黑夜
和黑夜中被打翻的失眠

在灯光的书页里
爱情的雨水醍醐灌顶
妹妹，那随风而去的
是我灵魂无家可归的脚步
它一定要经过你
莲花绽放的池塘
才会走得安心而遥远

暗中的人

昨夜里的那个人
他暗中的表情我没有看清
但他发烫的手心
照亮了我的心
使我至今在大白天
仍然坚信他就在附近
就在暗中

不要怪我

雪在窗外下了一整天
我在窗前站了一整天
春天的雪一边下一边融化
如同我的眼泪
一边流一边就被风舔干了

这么多年过去了
你的夜越来越黑，而我
微弱的火就要燃尽
它无法照见你越走越远的脚印
我不指望你能回头
我只期盼有一声呼唤会将绊住你的脚
让你轻轻地跌倒在我的雪花里

这个早春我心情非常不好
请你不要怪我

当我说爱你

当我说爱你，七月的湖水
已漫过我的脖子
爱的浮力瞬间将我高高托举

当我说爱你，窗前的风铃骤然响起
阳光来不及拉上窗帘
我就像你手中的一本书被完全打开

当我说爱你，月亮悄悄背过脸去
在一朵蓝莲花的后面
我平生第一次迷了路

当我说爱你，天空响起了雷声
我被一道闪电绊倒
双腿战栗，泪流满面

等待夏天

不知什么时候　夏天
已从我的身体里悄悄流失
现在　我坐在秋天
默默等待夏天

我要再一次地踏进你的河流
我要在你的水里
彻底洗干净自己
我要在月亮的暗示下
潜入你的最深处

那些梦幻般的水草
水草背后伸过来的手势
那些被黑夜托浮起的卵石
一身泪水的游鱼和
让我兴奋又让我困惑的河床

只有在夏天　河流
才可以完全打开
我才可以完全打开

下一个夏天　那条河

我不知道　她是否

会从远方流过来

惊涛骇浪之后

惊涛骇浪之后
我们的爱情终于
风平浪静，像一场山火之后
烧毁的树木
都成了红红的木炭
在厚厚的炭灰覆盖下
保留着自己的体温

深深的海洋
和深厚的大地一样
暗处的秘密
谁能知道

梨花的痛

去年一树梨花
疼痛地喊叫
一直苍白到今年

今年　我从梨树下走过
不得不低下头
但还是被颤抖的梨花
喊白了鬓角

梨花纤弱的蕊
我内心隐秘的伤口
总是在春天
一次次复发

那个夏天

在雷声和闪电的背后
在太阳不小心跌倒的地方
谁是那只歌唱的小鸟
忧伤的眼睛比乌云更沉重

她收拢起翅膀
将春天的梦
和山坡上的桃红李白
紧紧搂在怀里

快飞走吧　你这黑眼睛的灵禽
你是自由的
这世界是如此之小
小得装不下你小小的委屈

飞吧　飞吧
在比远方更远的远方
高山上的湖水

会舔尽你的伤口

这月光一样的湖水

是爱情唯一干净的语言

好像一切都过去了

好像一切都过去了，那些
夏日灼热的午后

目光从一首诗上抬起
手指从春天的额头滑落
当脚印被夜色淹没
暧昧的话题一再越轨
差点冲毁理性高高的堤岸
望着你远去的背影
我感到了一阵轻松和凉快

好像一切都过去了，但那些
被微风穷追不舍的话语
吹动窗帘和你的笑容
风铃破裂的低音
从数年前的黄昏一阵阵传来
像一颗颗铁钉
敲进我有些麻木的记忆

这个下午

这个下午如此仓促

窗帘之内

暴风雨刚刚来临

还来不及把我们的船掀翻

我就开始呕吐

遍地狼藉，我没想到

我竟是如此地不堪一击

那只是一小杯酒啊

从唐诗的坛子倒出来

又被桃花的蕊点染

这个下午如此短促

阳光一闪，天就暗了下来

那只打翻的瓷瓶

腰圆体胖而光滑柔润

瞬间花瓣飘零，水流满地

我像个做错了事的孩子

束手无策

在一旁舔了舔嘴唇
就把小小的幸福咽了下去
一切又归于平静

你不必问我

为什么我总是心绪不宁
总是把目光投向最远的那片云彩
为什么我一听见斑鸠唱歌
泪水就会控制不住
在这个没有月亮的夜晚
为什么我总是希望来一场大雨
把我徘徊不定的脚印和
满脸的红晕洗个干净
为什么当一滴小小的露珠
袭入玫瑰的花蕊时
我平静的心会怦然而动

其实你不必问我
因为在这个大地雨水充沛
鸟儿怀春的季节
思念一棵桑树和思念一个人
总有某种必然的联系

你的河

河与河并不一样
隔着秋天，你的河
是谁赤脚涉过浅滩
洁白的长裙高高挽起黄昏
让我看见了月亮
又听见了鸽子的低语

水底红鱼的尾巴
擦过了谁的腹部
让我在低头的一瞬
拾捡到宋词里最艳的一句
风没有吹皱天空
只吹皱了我心里的梦

岸边草丛里很静
蝴蝶的心跳和我的心跳
只隔着一个失眠
刻满誓言的羽毛
已沉入水底
浮上来的石头

正睁着血红的眼睛
一步步流逝在春天
硕大的旋涡里

夏天的秘密

低头的一瞬间
犹豫和不安消失了
风在合上一本书的同时
悄悄打开了一扇门

但这个夏天最隐秘的心事
并不在门背后
不在拉开一半的抽屉里
那些带插画的诗签
听说已在火中化作了蝴蝶

夜晚之前
我们和黄昏一起潜入水中
一条鱼向我游来
雪白的腹部像一道闪电
灼痛了我的肋骨
这么多年，月亮升起又落下
我的双手多想
深深穿过飘动的黄昏和水草
拔出那根鱼刺

一棵树依靠思念活着

一棵树在春天，萌发了
小小的恋情
我看见他的思念
愈来愈浓，愈来愈深
他的痛苦也愈来愈饱满

只有风理解他
只有雨愿意帮助他
在风雨的呵护下
树渐渐平静

他抛下饱含血汁的思念
让我看清了他枯槁的容颜
和骨头深处的伤痕
而堆满脚下的相思
已在秋雨和雪花的叹息里
化成苦涩的泪水
我知道，整个无雨的冬天
树都不会干渴

一棵树依靠思念活着
而不是依靠承诺或者赞扬
这早已不是秘密

杯中的茶凉了

这样的夜晚，我很喜欢
与一杯茶对坐
茶是热的，茶杯
也是热的

洁白的瓷闪着女性的光芒
容易使人产生艳想
而茶有一种沁心之香
正是我熟悉的

干渴的嘴唇
因为讲过一些多余的话
而惊慌不安和羞怯
总是从温暖的杯沿上
一次次失足
跌倒在瓷的诱惑里

我的挣扎徒劳无力
当我从夜色里踮起脚尖
杯中的茶早已凉了

对　琴

焚香沐浴，拥琴而坐
爱情的手指一遍遍
从春天的琴弦上温柔地抚过

夜晚的灯光有些暧昧
一缕缕都是梦的颜色
我穿过风雨一路寻觅而来
沿途青枝绿叶的往事
藤藤蔓蔓爬满肩头
不经意间，抚琴的手指
碰上了暗藏的樱桃和玫瑰

对琴当歌，今夜
我多想找回当年的钥匙
打开你诗歌深处饱满的情感

醉后归途

今晚，我不能说我
已经醉了，喝了太多的春风秋霜
醉了的是
这个夜晚和
这个令人牵肠挂肚的世界

我骑着一辆单车
不，是一辆单车骑着我
在季节的深处狂奔
那条开满鲜花的道路就在
思想的最底层
穿过忧伤的十字路口
我看见，一些桃花色的往事
正踩着宋词的韵脚
一步步逼近我的伤口

今晚，谁会为我点亮一盏灯
照亮花期如梦

2009 年 12 月 4 日夜

空 弦

怀抱琵琶，手
游走在丝弦之外

秋已渐深了，落叶
像一群回归的候鸟
把夜晚打开

谁是那个饮酒的人
高举一杯月光
他满头青丝
已醉成一望无际的荻花
谁又是那个歌者
把长年漂泊的足迹
吟成了一只无楫的扁舟

今夜，浔阳江是一根弦
秋风是一根弦
只是你我的心弦都已断了
那支杏花春雨的曲子
再无法弹起

冰冷的小手

在冬季深深的后院
在比狗尾巴草更低的低处
我紧紧握住了雪花
冰冷的小手

此刻，冬天已经不是冬天
是一部歌剧的序幕
我就是那位穷困潦倒的年青人
波西米亚诗人罗道尔夫
啊，美丽善良的咪咪姑娘
你冰冷的小手如同
一束月光照亮了这个世界

我要用我全部的爱情
温暖你的小手，和
你十指相连的心

手上的花事

一只手握住另一只手
静静地等待手指开出花来
青春的心事不合时宜
暧昧地漫过皱纹
阳光擦亮的往事渐行渐远
又不断被鸟鸣啄伤

说出是否是一种冒犯
花事将尽，剩下的只是
孤独的风烛残年

2010 年 2 月 7 日午时

从那之后

从那之后，我们形同路人
人海茫茫，红尘滚滚
即使同在一个屋檐下
我们也如同隔着一个季节
隔着一声关关的雎鸠

这场没有结局的戏
也就没有谢幕
这么多年后回想起
那些被风吹落一地的台词
春花秋月何时了
怎么才能走出那片桃花林
走出内心的沉默

岁月是一把生锈的剪刀
心如铁石，也
磨不亮那忧伤的底色

虚拟的游戏
从后门出去，穿过

一片长满眼睛的白桦林，和
断断续续的风声
亲爱的，我就要来到
你的坡地

红樱桃还在熟睡
露水早就醒了
草叶轻轻划过我的脚踝
使我感觉到了淡淡的秋意
正从脚下潮湿的苔藓
爬上我的额头
但我的心充满喜悦

这个早晨是如此清明
如此宁静而幽深
我多么愿意在途中迷失
然后等你，亲爱的
张皇失措地循着一阵鸟声
惊喜地找到我

烟　花

在别人快乐的时候
把自己点燃
然后，在别人的欢笑声中
黯然陨落

如果这是两个人的夜晚
那一定非常值
开花虽然只是一瞬
却已成为永远

七夕望月

一个古老的传说
为今夜营造了甜蜜的意境
今夜，往事总是被一弯新月勾起
停泊在桃花深处

在恍如隔世的一杯浅醉里
今夜，我怅望星空
哪里是曾经暗许的杨柳岸
哪里是耳鬓厮磨的梅林
哪里是秋风翻看诗书的花窗
哪里是牵手采莲的荷塘

今夜，倒塌的鹊桥畔荒草萋萋
谁的箫声，吹出一种疼痛
深深穿过流年的晚景

今夜，天边窄窄的月牙
不再是你为我虚掩的院门
万水千山，咫尺天涯
今夜，我精心推敲的文字

再也不能像满天的星星
照亮你远行的寂寞

2011 年 8 月 6 日 （七夕）

昨夜的雨脚踏过海棠

昨夜注定有一场风暴
我在梦中醒来
听见车轮压碎漫天夜色
风刚走，雨就来了

昨夜的雨脚粗砺地踏过海棠
海棠的喊叫高过我的心跳
我的心跳是一道伤口
紧紧咬住了夜的下半身

暴雨中的海棠
春天淡淡的忧伤
她闪烁出青花瓷的锋利
深深钻入了我的骨髓

这正是我与她的预谋
因为我们都需要一场蹂躏
那种肌肤相亲

夜　行

在黑夜里　眼睛

寸步难行

两手张开爱意和

忐忑不安的羞怯

每挪动一步

总是被自己内心的呐喊

吓出一身冷汗

充满诱惑的夜

令人眩晕的神秘

像一张没有地址的地图

一个哀怨的旅者

从大地平坦的腹部

走过裸露的山岗和肋骨

从黑色走向黑色

走成了夜的一部分

我多想　亲爱的

你就是今夜
而我是那个孤独　但
执着的夜行人

是　否

是否我留在草叶上的露珠
让你泪流不止

是否所有的文字和文字以外的
眼神，都是一场意外

是否隔着一个季节，我的如花
就不能开上你的红唇

是否那些看似平常的话语
都有着某种暗示

是否我一开口，那些暗夜里的星星
就会照亮你的无眠

是否逆流而上的挣扎无论怎样美丽
结局只能是死亡

你身上的书香

不是梅花，不是桃花，也不是
荷花或者菊花，更不是
胭脂花粉沐浴露名牌香水

每当与你在一起，我
总能嗅到一股奇异的香气
让我神迷，让我陶醉，让我
把冬天当成春天，把自己
当作春风里一只意乱情迷的蝴蝶

直到那一天，画船上，小轩窗
你从一句宋词里抬起头来
我才恍然大悟，原来
你身上有一股淡淡的书香

私　奔

我们策划的私奔
是一场旷世的阴谋
既然四处都已布下世俗的荆棘
亲爱的，何不用欲望之火
烧出一条逃生之路

要去就去江南，江南好
江南是水做的骨肉，水做的肝肠
江南是故乡，我们
何不做一回轻浮的归乡游子
可以勾肩搭背，但不必忸怩作态
我常青藤的手臂搂着你的腰肢
高跟鞋叩响青石板
在深深小巷弹响一支爱情小调
媚了青山，醉了绿水

老宅空无一人，看门的狗
老眼昏花酣睡在庭院，它没有看见
我们在花窗下肆无忌惮的亲吻
但我们看见了小河那边，一对白鹭
低低飞过，落进了竹林

顺手推开窗户的瞬间，我感觉
时间静止，死去的日子如花绽放
整个世界安然恬美

2014 年 6 月 29 日灯下

城市牛郎

明天又是七夕
怅望漫天雾霾，哪里是迢迢银河
哪里是月亮走失的津渡

明天，一年一度的鹊桥
不知是否会如期架起
我心爱的女子是否如约而至
凤箫声动，环佩叮当，美目流盼
拿惯织梭的纤手，是否
会熟练地用手机给我发来微信

从乡村走进城市，一纸合同
是新的《卖身契》，让我成了生活的奴仆
当年放牧的老牛早已病老故乡
我粗糙僵硬的手指
再也按不住短笛上小小的伤口
板桥茅屋，鸡鸣犬吠，桃红李白
星星般迷失在小巷深处

七夕啊，七是一把袖珍的匕首
夕是不戴花翎官帽的歹徒

雾霾里若隐若现的弯月
是老宅门背后那把锈迹斑斑的镰刀

把酒问夜空，此夕是何年
而我，又是牛郎的第几代后人
流年似水，这流出来的水
不知是否还能流回原处

2014 年 8 月 1 日

我在秋风里渐渐红去

秋风，凋零了落叶
岁月，凋零了我的流年
在这个多雨的季节
我蜷缩在时光的深处，让蝉鸣
一寸寸逼出灵魂里的寒气
我就这样，在秋风里慢慢红去

尘世患病，但爱情依然健康
我的红颜知己正从滚滚红尘中归来
她摸索着蹚过暗流涌动的河水
脚趾总是踩痛了一些倒影
水草滑腻，卵石滚动
鱼群的耳语淹没了声声雁叫

蒹葭渡口，那个满头荻花的饮者
小小乌篷船已经载不动他的如许哀愁
当我从一棵枫树的枝头轻轻跌落
不小心，与他撞了个满怀

2014 年 8 月 27 日